写真・中村庸夫
文・秋月菜央

Heartful Islands

こころにありがとう

KEIZAIKAI

心は自由

誰にも　しばられない

だから　バイバイ日常

心だけ旅に出る

今　南の島へ

P02

好きなものを見ると
目がキラキラ光る

楽しいことをすると
身も心もウキウキとはねる

輝いている人って　そんな人
けっこうシンプルなこと

Dominica　Caribbean Sea

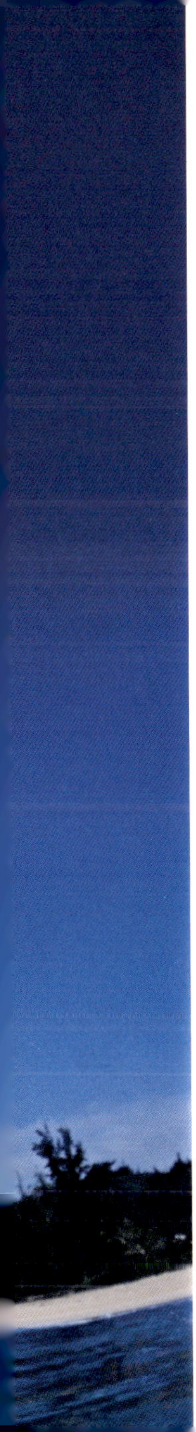

損　得　損　得

そんなことばかりにとらわれていると

目がつり上がるし　唇もとがる

好き　嫌い　好き　嫌い

１日だけでも　嫌いなことはしないで

好きなことだけをする　そうすると

力がわいて　笑顔が生まれる

Oahu　Hawaii

こだわりが人を苦しくさせる
過去に　あの人に　心配ごとに
気持ちを引っ張って　足も引っ張る

こだわりなんて　はがして捨てよう
そうすれば　前に進んでいける

Australia　South Pacific

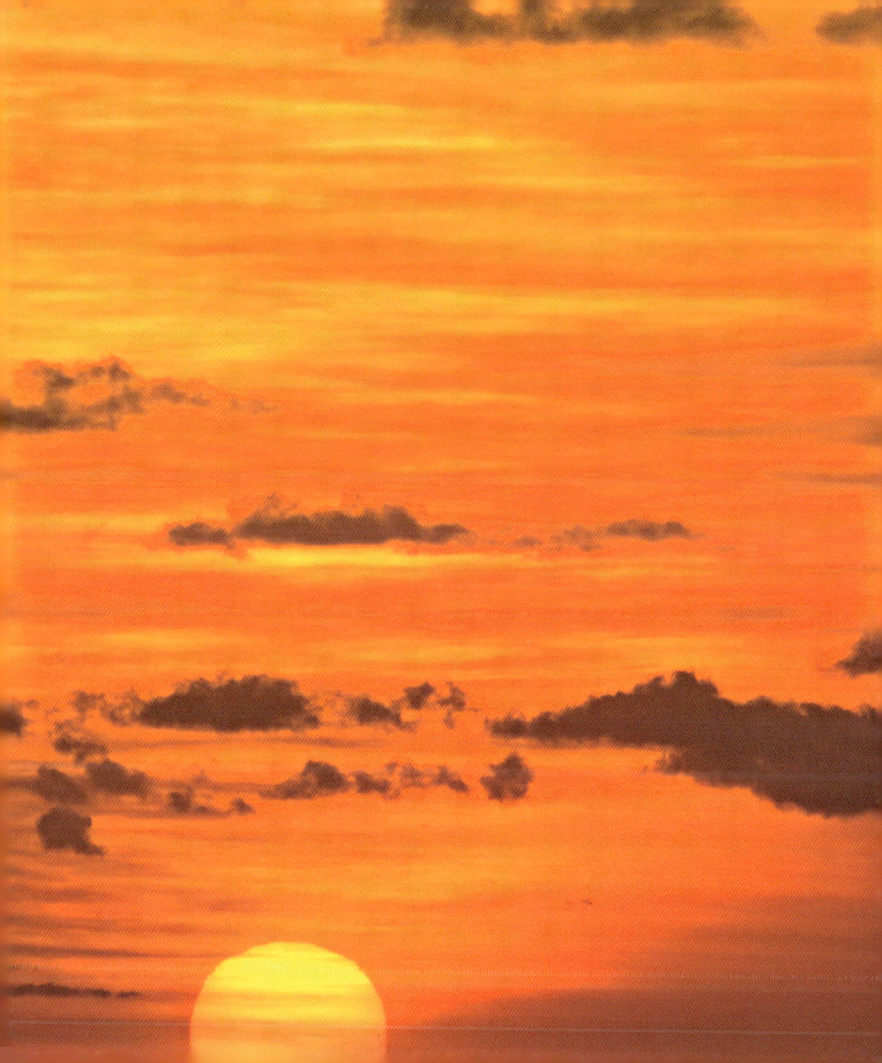

スキルアップをしよう
そうすれば　仕事がもっとおもしろくなる

ステップアップをしよう
生きがいを増やして　生き方も豊かに

アップグレードをしよう　愛だって
がまんなんてしなくていい　ほんとうの愛をつかもう

レベルアップは自分次第
だから　人生はおもしろい

誰も知らない
わたしがけっこうがんばっていることを

みんな気づかない
心が折れそうになっていることを

ちょっと孤独
そんな日には
風と波の音を思い出す

Sinai　Red Sea

P10

Bottlenose Dolphin　Grand Bahama　Caribbean Sea

勝った人が幸せになるとはかぎらない
勝てばプレッシャーがどんと来る
負けてもへっちゃらなほうが幸せ

強いから幸せになるとはかぎらない
強い人には強い敵ができる
弱くていい　ゆったり生きるほうが幸せ

P16

Oahu　Hawaii

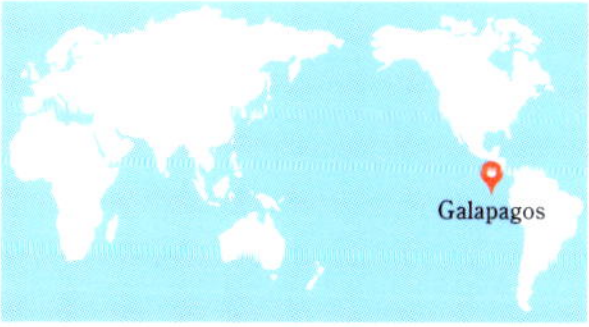

Galapagos Sea Lion　Galapagos

水に流す　人の言葉は全部

やつあたりだったり
まとはずれだったり
人の言葉なんて　そんなもの
耳に残す価値はないから

起きることはすべて

その時　その人にとって必要なこと

その意味がわかれば

そのことが終わる

Oahu　Hawaii

P20

Fiji　South Pacific

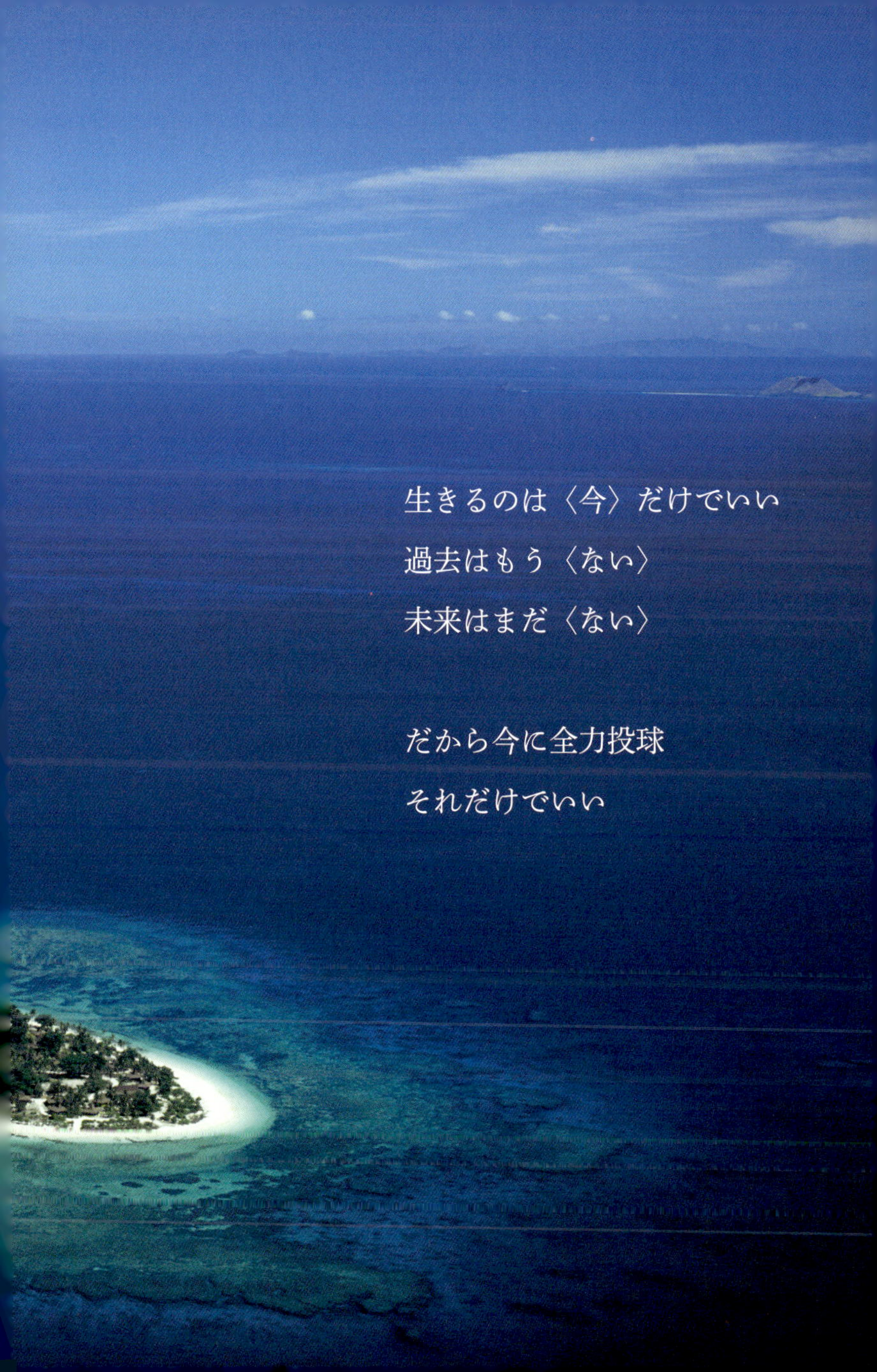

生きるのは〈今〉だけでいい
過去はもう〈ない〉
未来はまだ〈ない〉

だから今に全力投球
それだけでいい

それはそれ　これはこれ

失恋しても　それはそれ
おいしいご飯を食べるのがだいじ

いやなことがあっても　それはそれ
楽しいことを忘れちゃいけない

ひとつのことを引きずらない
それはそれだし　これはこれだから

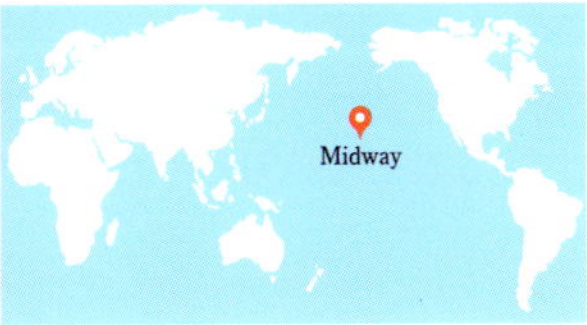

Midway　North Pacific

だいじなものは　その時どきで変わる
昔　あんなに大切だった　あれもこれも
いつのまにか忘れて　消えた

人も　愛も　ものも
離れていくなら　それが別れの時
次の宝物が　あなたを待っている

Maldives　Indian Ocean

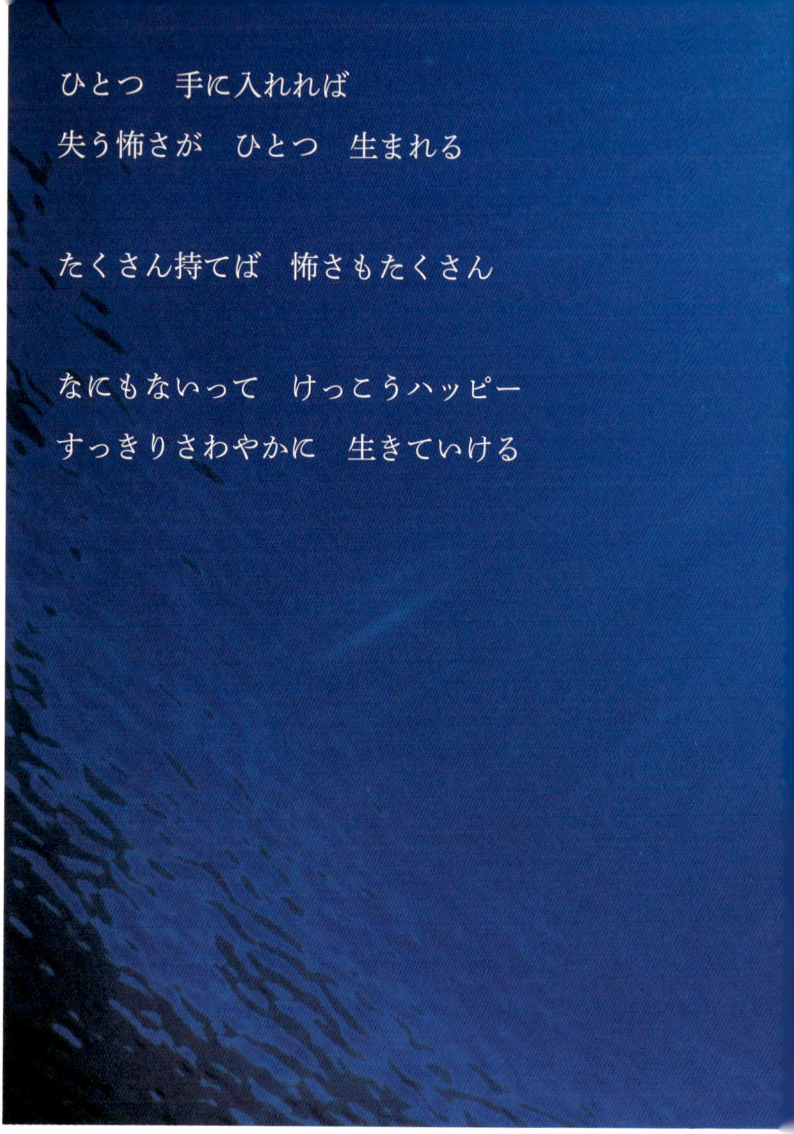

ひとつ　手に入れれば
失う怖さが　ひとつ　生まれる

たくさん持てば　怖さもたくさん

なにもないって　けっこうハッピー
すっきりさわやかに　生きていける

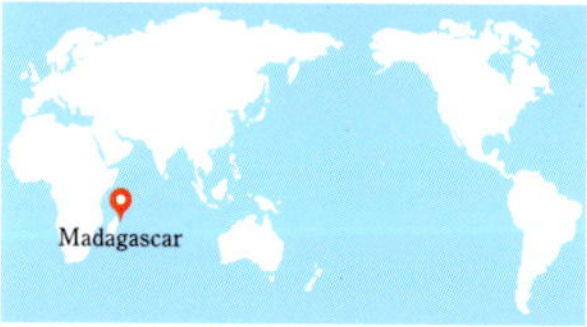

Hawksbill Turtle　Madagascar　Indian Ocea

P28

もっと　ほめられるはずだった
もっと　愛されるはずだった
なのに　現実は大ちがい

けれど　平気
それに気づいた時がスタート
〈マイペース〉がそこからはじまる

植物を育てていると　しみじみとわかる
合う場所に置けば　よく育つし
合わない場所だと　枯れてしまう

人も同じ
無理に場所に合わせれば
疲れて　よれよれになってしまう
合う場所で生きれば　元気はつらつ

自分に合う場所を見つける
それがなによりも　大切なこと

Plumeria　Palau　Micronesia

P32

Saipan　Micronesia

消えてしまったほうが楽
そう思う日だってある

みんな　そう

そうしてみんな
いつか　それを笑い話に変えている

さからえない　自然には
災害はかならずやってくるもの
けれど　そのたびに　人は賢くなった

さからえない　運命には
困難はかならず起きるもの
けれど　そのたびに　人は強くなる

Heard Island　Australia　Indian Ocean

P36

幸せは　つづくとあたりまえになってしまうから
運命は　ときどきそれを取り上げる

なくして　ありがたみがしみじみわかると
やっと　幸せが戻される

運命はグレートマザー
ひとりひとりを　ちゃんと見てる

Baja California　Mexico　North Pacific

使ってしまったお金は戻ってこない
そそいだ愛も　時間も　なにもかも
とり戻したいと思うと　苦しくなる

ふり返るのは　もうおしまい
前だけを見よう
未来は　この先いくらでも
豊かにできるから

雨の日を

暗いと思えば　気が重くなる

やさしいと思えば　心がなごむ

どう思うかで世界が変わる

Palm Trees　Australia

White Tern Midway North Pacific

権力なんて　持ってない
財力だって　もちろんない
能力？　あっても知れたもの

でも　気力があれば　それで充分
気力は誰でも底なしにある

これまでの日々を　やり直すことはもうできない

けれど　この先の日々を　出直すことはできる

いつから？　今からでも！

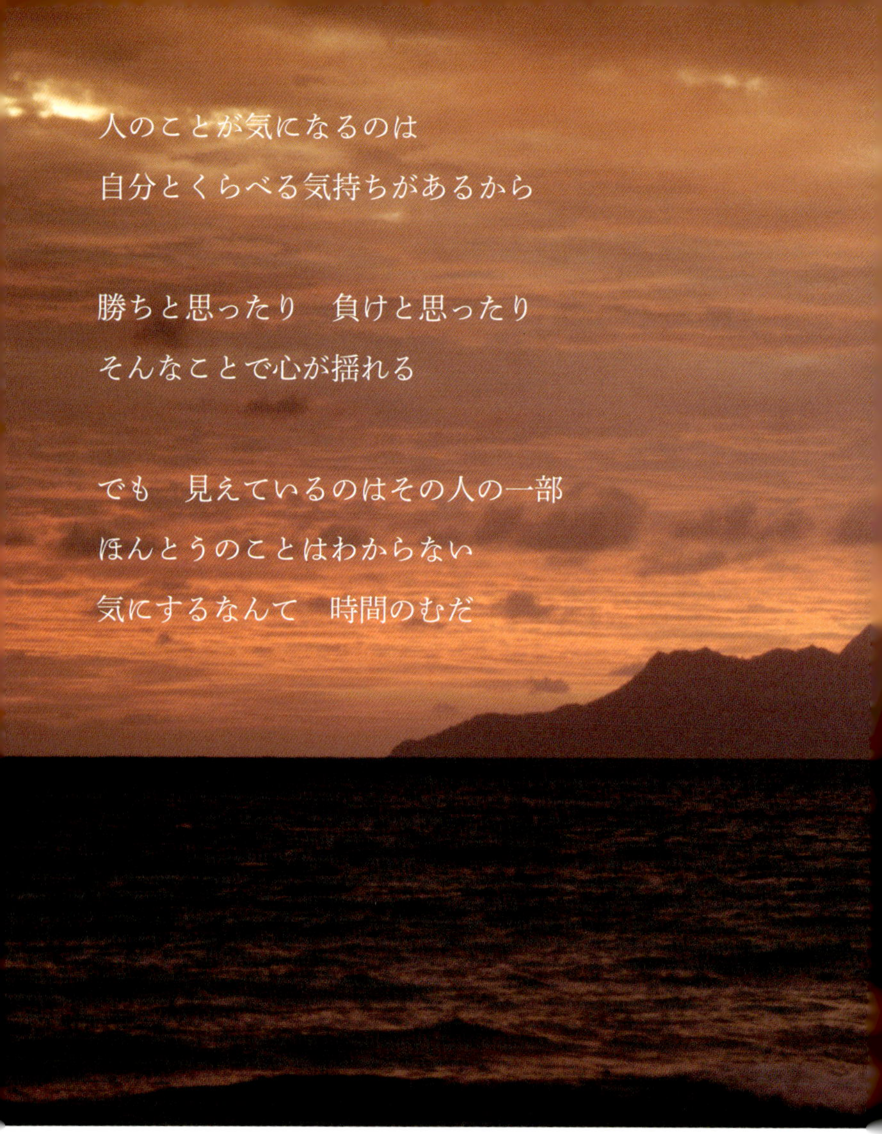

人のことが気になるのは
自分とくらべる気持ちがあるから

勝ちと思ったり　負けと思ったり
そんなことで心が揺れる

でも　見えているのはその人の一部
ほんとうのことはわからない
気にするなんて　時間のむだ

P44

Palau　Micronesia

Seychelles　Indian Ocean

Hawaiian Monk Seal
Midway　North Pacific

365 日がんばっていたら
誰だって　壊れてしまう

がんばるのは
ここぞ　という時だけでいい

がんばりたい時だけ
がんばればいい

縁は不思議
どんなにムキになっても
つながらない時にはつながらない
努力なんてしなくても　奇跡のように
つながる時はつながる

恋だけじゃない
仕事も　お金も　幸運もそう

今はだめでも　がっかりしないで
いつか絶対に　いい縁が来るから

Dugong　Palau　Micronesia

P52

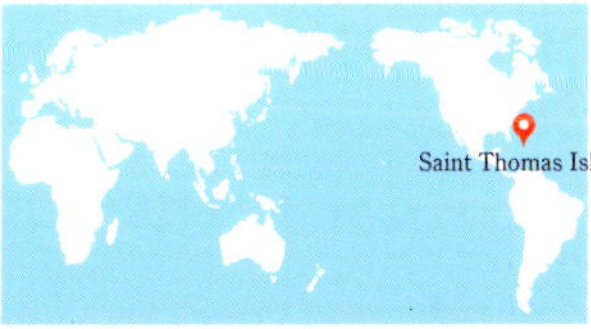

Saint Thomas Island　Caribbean Sea

朝　１番にすることは

鏡を見てにっこりと笑うこと

それは〈福相〉

今日１日の福を呼び込む

人も自分も　幸せにする

今になってみれば

ありがとう　冷たかった人

ありがとう　すべての出会い

おかげでこんなに強くなれた

もう　ちょっとのことで　へこんだりしない

P56

人が怖いと思うと　話せなくなる
傷つくのが怖いと　愛せなくなる

でも　立ち止まったままだと　いつまでも変わらない

１歩　踏み出せば　世界が変わる
なーんだ怖くないやって　わかるから

人生は宝探し

迷った道で出会いがあったり

落ちた穴でチャンスをつかむ

迷うことなんて怖くない

ひょんなところで　宝が待ってる

幸運が　かくれているものだから

Palau　Micronesia

Oahu　Hawaii

どんな人でも　持っているもの
命　時間　心
楽しく使えば　元気になれる
また　明日からがんばれる！

人生は迷路、だけど怖くない

人生は迷路だ。そして、迷路のあちこちに、障害物がしかけられている。

転職を繰り返している、というある女性が、その理由を語ってくれた。行く先々で、あるタイプの上司がいて、耐えられずに辞めてきたのだ、と。

わたしはふと、思ったままを口にした。

「それって、もしかしたらあなたの課題かも……」

女性は小さくうなずいた。

「クリアしないかぎり、なんどでも同じ問題が起きる……」

その人はうすうす、そう感じていたのだという。

もう逃げない、と彼女は力強く言った。うなずいたあと、わたしは考えた。

では、これまでの彼女の転職は失敗だったのか？　最初から逃げなければ、簡単にクリアできていたのか……？　いや、そうではない。

わたしはアルプスに登った人の話を思い出した。

登山の計画を立ててから、その男性は訓練をはじめた。国内の登山やロック・クライミングの積み重ね。失敗や挫折もあって、いっそやめようかとも思ったらしい。しかし、なんとか訓練を終えて、その人はアルプス登山を実現した。

日常の失敗も、その訓練と同じだ。障害物を乗り越えるための、前段階。何度も失敗して力をつけるから、いつかその障害をクリアできるのだ。

失敗した時には、迷ってしまったように思えるけれど、じっさいは道を失ったわけじゃない。ちゃんと未来へとつづいている。

迷路は運命といいかえてもいい。運命はわたしたちの一生を見守るグレートマザーだ。ひとりひとりをちゃんと見ていてくれる。そして、ガイドしてくれているのだ、きっと。

秋月菜央

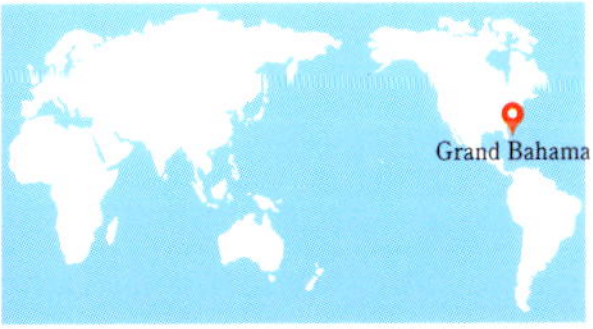

Grand Bahama　Caribbean Sea

中村庸夫（なかむら・つねお）
1949年東京生まれ。早稲田大学、同大学院理工学研究科修了後、海洋写真事務所（株）ボルボックスを設立。海とその生物、帆船、客船など海に関するすべてをテーマとする海洋写真家として活動を続ける。作品は世界32カ国で発表され、世界的に知られる。
著書・写真集は『365日 海の旅』（小社刊）、『クジラたちの地球』『最新世界の帆船』（平凡社）、『ドルフィン・ドリーム』（KKベストセラーズ）、『七つの海の物語』（データハウス）、『海の名前』『島の名前』（東京書籍）など多数。
http://www.volvox.co.jp/

秋月菜央（あきづき・なお）
東京生まれ。出版社勤務を経て独立。癒しや心の領域を中心に執筆活動を行なっている。
著書は『くじけない人々』（小社刊）、『ムーン・ヒーリング』（KKベストセラーズ）、『アダルト・チルドレン 癒しと再生』『虐待された子供たち』（二見書房）など。
http://akizuki-nao.at.webry.info/

中村庸夫と秋月菜央の共著には『Blue Paradise』『Paradise』『blue』『Relax in Blue』（小社刊）などがある。

Heartful Islands
こころにありがとう

2014年7月8日　初版第1刷発行

著　者　中村庸夫　秋月菜央
発行人　佐藤有美
編集人　渡部　周
発行所　株式会社 経済界
〒105-0001 東京都港区虎ノ門1-17-1
出版局　出版編集部　TEL 03(3503)1213
出版販売部　TEL 03(3503)1212
振替　00130-8-160266
http://www.keizaikai.co.jp/

造本・装幀　新田由起子（ムーブ）
編集協力　友楽社
印刷・製本　株式会社 光邦

ISBN978-4-7667-8578-4